에스프레소

나답게 사는 시 008

에스프레소

지은이 │ 오영미
펴낸이 │ 一庚 張少任
펴낸곳 │ 동섬출판 답게
초판 인쇄 │ 2021년 9월 20일
초판 발행 │ 2021년 9월 25일
등 록 │ 1990년 2월 28일, 제 21-140호
주 소 │ 04975 서울특별시 광진구 천호대로 698 진달래빌딩 502호
전 화 │ (편집) 02)469-0464, 02)462-0464
           (영업) 02)463-0464, 02)498-0464
팩 스 │ 02)498-0463
홈페이지 │ www.dapgae.co.kr
e-mail │ dapgae@gmail.com, dapgae@korea.com
ISBN 978-89-7574-337-5
ⓒ 2021, 오영미
나답게·우리답게·책답게

나답게 사는 시 **008**

에스프레소

오영미 시집

도서출판 답게

오영미

오영미 시인은 충남 공주에서 태어났고, 한남대 대학원에서 문예창작학 시를 전공하였으며 계간 『시와정신』 신인상으로 데뷔하였다. 한국문인협회, 한국시인협회, 충남문인협회, 충남시인협회, 한남문인회, 시와정신회, 소금꽃시문학회에서 활동하고 있다. 시집으로 『나도 너처럼 오래 걸었어』, 『청춘예찬』 『떠밀린 상상이 그물 되는 아침』, 『상처에 사과를 했다』, 『벼랑 끝으로 부메랑』, 『올리브 휘파람이 확』 외 다수 있으며, 시선집 『에스프레소』와 에세이집 『그리운 날은 서해로 간다 1, 2』가 있다. 충남문학 대상과 작품상, 한남문인상 젊은작가상, 전국계간문예지 작품상을 수상하였고, 충남문화재단 문예창작기금 수혜. 한국문인협회 서산지부장을 역임했고, 「윤석중문학나눔사업회」를 추진하여 발족시켰으며, 아동문학에 관심을 두고 공부하여 2021 『아동문예』 동시 부문 신인상으로 등단하였다. 현재는 서산시인협회 회장을 맡고 있다.

sukha21@hanmail.net

3부 나답게 배우는 시詩

4부 나답게 누리는 시詩

　문학의 즐거움은 무엇인가? 나에게 묻는다면 주저치 않고 '사랑'이라고 답하겠다. 이 세상엔 많은 사랑이 있지만, 그중 내가 선택한 사랑은 문학이다. 문학은 어린아이였고, 애인이었고, 어머니였고, 할머니이기도 하다. 삶의 희로애락과 인생의 환과고독노병(鰥寡孤獨老病)에 대한 고민을 글로 표현하며 위로하고 치유한다면 그보다 행복한 일이 또 있을까 싶다. 늙어간다는 것에 대하여 슬퍼하거나 두려워하지 않고자 늦도록 공부를 한다. 최근 사회복지사 자격증을 취득하기 위해 학습하다 보니 가장 시급한 것이 '내 처지'를 알고 살아야겠다는 것이다. 오늘이 마지막인 것처럼 시시때때로 잘 사는 것이 행복이라고 생각한다.

늙고 아내가 없는 사람
늙고 남편이 없는 사람
부모가 없는 어린아이
늙고 자식이 없는 사람
늙은 사람
병든 사람

이것이 바로 앞으로 내가 겪으며 살아가야 하는 필수 코스가 아닌가. 지금 이 순간부터 마음가짐을 잘 하고 살아야 할 목록이다. 지천명을 넘기고 보니 모든 것이 예사롭지 않다. 가족과 이웃, 자연과 생태, 사회와 국가 등 모든 것이 낯설게 느껴질 때가 종종 있다. 웰빙(well-bing)에서 웰다잉(well-dying)을 거쳐 웰에이징(well-aging) 시대라고 한다. 예쁘게, 멋지게, 폼나게 나이 먹으며 늙어가는 것. 지는 석양을 바라보며 잘 살았다고 서로 위로해주며 익어가는 것이 나답게 사는 것이다.

그간 나는 여덟 권의 시집과 두 권의 에세이집을 출간하고, '나답게'를 통하여 시선집을 내게 되었다. 문학도 초창기 철없던 때와 조금 철들었을 때를 비교해보면 참 엉성하고 부끄럽기 그지 없다. 그래도 그 시절도 나였기에, 그 시절이 있었기에 지금의 내 모습이 존재하는 것이다. 어쩌면 이것은 지난 시간 나답게 살아온 흔적일 수 있다. 그간 발표했던 시집에서 코로나 19로 힘들어하고 고통받는 사람들에게 조금이라도 힘이 되길 바라는 마음으로 연애시戀愛詩 위주로 선택했다. 『에스프레소』가 나답게 사는 詩의 일원으로 원액을 추출하여 꽃 피울 수 있어 영광이다. 독자들에게 사랑받으며 위로와 위안의 안식처가 되길 바란다.

2021년 戀愛를 詩作하며

1부 나답게 사는 시詩

나무이고 싶다

앙상한 가지에서
꽃물이 샘솟는 나무이고 싶다
살아온 세월의 뒤안길
패이고 메말라버린
육신 편히 뉘어
아주 가벼운 무게로 존재하되
흔들리지 않는 나무이고 싶다
나를 알아주는 이 없어도
시나브로 구겨진 삶이
어느 날
신비스럽게 눈 장난치듯
연둣빛 물오른 잎사귀 속으로
파고들어 가고 싶다
천년의 침묵처럼
늘 함께하고 싶은,
그 생각 닮은 나무이고 싶다

새

하늘을 날고 싶어

가진 것 없어도

부서지지 않는 영혼 하나 신고

끝없는 날갯짓 하고 싶어

엉겅퀴

척박한 야산에
지천으로 피어난 꽃
가시 돋친 잎사귀에 찔려
피 토할 때
산언저리 숨어 도망치는 석양 보았다

엉겅퀴 같은 삶
씹어서 삼키지 못할 바람
구름과 바다 사이를 기웃거리는
고라니 등 짝에도
아스라한 주홍글씨 새겨져 있다

시나브로 청잣빛 하늘 내려앉으면
어둠으로 달과 별 이웃 되어
어혈처럼 딱딱한 먹이 사냥을 시작한다

밤이면 더욱 빛나는 고양이의 눈
나는 고양이를 업고 달렸다

숲은 잠들지 않았다
바다도 잠들지 않았다
발톱에 할퀸 자국 선명한
달빛 운무 두르고
시 한 줄 잉태하려 꽃잎 품는다

나그네

어둠은 내리고
갈 길 잃은 나그네
쉼터를 찾아 헤맨다

매일 술잔에 기대어
외로움을 잊는 그대
파르라니 출렁이는 바다 닮았다

오늘이 마지막인 어제처럼
지키며 보내온 세월
저만치 멀어져 가고 있다

암청색 어둠은 빈집이 되고
물 나간 백사장은
포근한 침대가 되고

포말은 뜨락이 되고
등대 불빛은
기다림의 마당이 된다

지치고 멍든 가슴
내려 쉴 곳을 찾는
그대는 나그네

여기가 그대의 쉼터입니다

오늘은 북서풍

길은 동쪽으로 이어졌다
무릎이 닳아 건널 수 없는 다리
끊어진 길 이으려
관절의 마디 모으고
뜨거운 모래를 쌓는다

길은 서쪽으로부터 이어진다
고이지 않는 물로 스미는 종착지
마른 먼지가 산더미로 쌓여
걸을 수 없는 사막
낙타와 양들이 나의 다리 되어
거친 걸음 재촉한다

소리의 마디가 잘려나가
모래 언덕에서 무릎 꿇게 하지만
그림자 없는 길은
오아시스를 허락하지 않는다

보이지 않는 길
돌아갈 수 없는 길
이어진 길 하나씩 끊으며
끝까지 이어가야 할 사막

어머니

저기 한때 흰 어깨에 기댔다고
흐르던 구름 멈춰진 적 있나

굽었던 어깨가 눕혀 땅에 닿자
겨울 바다에서 다음 생을 기다리는
황태 눈동자처럼 말라 갔지

갈비뼈가 차례로 바닥에 누웠고
긴 척추의 질긴 생은
모로 기어 다녔다

혈관은 점점 부풀어
터널 같은 먼 길

누에고치가 실을 토해내듯
뒤틀리는 배 움켜쥐고
응급실을 찾았던 그녀

우리 지금 휜 허리 받쳐 줄
어머니 발바닥 주물러 준 적 있었나

힘들 땐 쉬어가자

너나없이 힘들 땐 쉬어가자
힘들다고 쓰러지면
공들인 탑도 소용없는 것

너나없이 현실을 직시하자
애써 몸부림쳐 본들
해결될 일 아닌데
왜 혼자 초조해하나

너무 지치고 힘들어도
삶을 포기하고 싶을 때도

뜬눈으로 고민할 때도
목구멍이 포도청일 때도

사랑하는 사람 있어
내 나름대로 행복했다

사랑하는 가족 있어
힘껏 견딜 수 있었다

민들레

저 넓은 황야
홀로 피어난 민들레꽃

그 누가 가르쳐 주지 않아도
그리움 알고 기다림 알아
오늘도 홀씨 되어 바람에 흩날린다

언제 너와 내가
우연한 만남으로 사랑하고
이별할 줄 예감했던가

그저 때가 되어
머무는 자리
아무 말 없이 내어 주었을 뿐

애틋한 사랑의 말 듣고도
맺지 못할 운명

간절한 마음 다 알면서
마음 줄 수 없는걸

나무처럼

눈도 감고 입도 닫았습니다
귀만 열고 누웠습니다
나무들은 기둥이 되고
창틀이 되고 의자가 됩니다
걸어가는 것들 속에 사는 셈이죠
나는 나무들과 손잡고 이동합니다
부엌에서 방으로 다시 거실로
화장실에서 샤워 꼭지 틀기 전까지
온몸의 물기를 빼고 다시 태어납니다
어깨의 우두자국처럼
집으로 가는 이정표가 찍혀있습니다
거기에는 나의 태생과 나이가
납작 엎드려 있습니다
지금까지 내가 살아온 빈터
갓난아기를 잃었던 아픔과
그와 수십 년 떨어져 지낸 일
혼자 생계를 꾸려온 삶

나도 나무처럼 뿌리를 자르고
다른 모습으로 거듭나고 싶습니다

무지개다리

발끝 모두 차갑게 굳어 있었고
힘없는 눈동자엔
하얀 물 그물이 있었다
아직은 따스한 체온이 남아있군
꽉 다문 입이 벌어지지 않네
먹일 수도 없네
간밤 새벽 나의 손안에
여전히 나의 손안에 있는데
손끝 어디 애간장 녹지 않는 곳 없다
내 의지와 상관없이 떠난 두 번째
물갈퀴처럼 차갑다
달팽이의 시선으로 뚜껑을 덮는다
나의 화단에 너를 묻어 보내야지
둘째 아이 무덤처럼
허공으로 빠져나가는 야옹
아, 몹쓸 안녕

어떤 인연

단 한 번도 함께 잔 적이 없습니다
하여 체온을 알 리 없습니다

더구나 얼굴을 본 적이 없습니다
만난 적 없으니
옷깃을 스쳤을 리도 만무합니다

그러다
어느 날 편지를 썼습니다
오래된 친구처럼 다정하게

새벽을 깨우고
일상을 깨우고

삶이 지치고 힘들 때
가장 편안한 짐만 남기고
모든 걸 내려놓으라고 썼습니다

그러자 통신이 끊겼습니다
거짓말처럼 뚝 끊어진 인연
사노라면 참 신기한 일도 많습니다

못다 한 고백

아무것도 모르는 나에게

인생을 가르쳐 주신다며

잃어버리는 슬픔 던져주시고

놓아주는 일을 강요하시며

잊는 일은 가르쳐 준 적 없으신 당신

사랑하는 일만 기억하라 하시면 어찌합니까

2부 나답게 사랑하는 시詩

모르는 사람처럼

이렇게도 만나지나 보다
모르는 사람처럼 지내려 했는데
우연히 마주쳐 만나지더라

기억 속의 흔적들을 애써 지우며
모르는 사람처럼 아주 잊으려 했는데
장승처럼 우뚝 만나지더라

무탈하게 잘 지내는 듯싶고
걱정하지 않아도 될 듯싶고
이제 무거운 짐 내려놓아도 되겠더라

퉁퉁 부은 눈으로 아파하지 않으리라
가위눌려 잠들지 않아도 되고
어쩌다 웃을 때에도 미안해하지 않으리라

숨이 멎을 듯 소름 돋던 순간도 지나고
모르는 사람처럼 지나칠 수 있으니
가벼운 마음으로 남은 세월 보내리라

창 넓은 찻집에서

그대, 비 오는 날이면
창 넓은 찻집으로 가겠어요

행여 당신 그 빗줄기
보지 못하였다 할지라도
당신과의 약속 지키기 위해

어느 날 나는
창 넓은 찻집으로
당신을 만나러 가겠어요

그대, 비 오는 날엔
창 넓은 찻집에서 기다릴 테요

하염없이 쏟아붓는 빗줄기
차창을 후려쳐
슬프지 않을 만남 위해

어느 날 나는
창 넓은 찻집에서
당신을 마냥 기다릴 테요

그대, 비 오는 날
창 넓은 찻집에서

가을과 겨울 사이

한 차례 뼈아픈
말발굽 소리 지나간 자리
덩그러니 그리움만 남아
시린 가슴 쓸어안고
지나온 길 돌아보네

사랑의 징검다리
마구 흔들어 놓고
홀연히 떠난 그대

찬바람 옷깃 여미게 하고
목젖까지 설움 솟구쳐 와
목마른 이슬처럼
갈대꽃에 넋 잃어
그 뿌리
내 가슴속에 심고자 하네

당신

포슬한 땅 기운 모락모락
햇살 한 줌 곱게 갈아
당신의 어깨 위에 뿌려줍니다

녹두 빛 물오름으로 삐죽 입 내밀고
수줍은 듯 어깨 움츠리는 목련
속 내 고요한 손 이끌며 룸바 춤을 춥니다

당신과 함께 춤추면 기분이 좋아

곁에 있어도 멀리 있는 듯
가슴은 공허한 구름처럼 둥둥
휘어진 솔그늘 아래 가만히 내려앉습니다

살랑거리는 바람이
상념에 잠긴 당신의 눈썹에 걸터앉아
꿈인 양 나의 귓가에 속삭여줍니다

좋아, 당신이 좋아

시월에

사랑,

믿었던 만큼 아픈 것
욕심껏 용서를 구하는 것

떠나야 할 때가
보이지 않는 것

반복된 삶에
불안을 느끼는 것

지우려 해도
질기도록 집착이 앞서는 것

잊을라치면
차오름으로 상처가 쌓이는 것

그 시월 愛,

가늘고 긴 획 긋는다
굵고 짧은 점 하나 찍는다

너

한순간도
잊어 본 적 없다
그렇다고
자주 찾아 준 적도 없다

그 곱던 이마엔
주름이 차곡차곡
걸어온 길 성처럼 쌓여
세월은 흘러갔네

지금 이 순간
아주 오래된
농담처럼
배시시 웃고 있는 너

바라봄

쪼개지는 별빛이 아름다워
별이 되기로 했습니다

어스름 달빛이 고와
달이 되기로 했습니다

기우는 달님 벗 삼아
더 많은 사랑 담기 위해
조금씩 비워 내려 합니다

무덥던 더위는
살강 거리는 바람에
숨어 버렸고

초록이 물결 일 듯
빛을 발하던 햇살은
어둠 따라 떠나갔습니다

마주 보고 있어도
적당한 거리 유지해야 하는
당신과 나는
영원한 '바라봄'입니다

사연

눈이라서 좋았어요
녹아 물이 될 사연
그래서 눈물이라지요

비라서 좋았어요
흘러 흘러갈 사연
그래서 빗물이라지요

바다라서 좋았어요
부딪쳐 파도칠 사연
그래서 허망하다지요

둘이라서 좋았어요
깨알처럼 흩어질 사연
부질없는 세월이라지요

묻어두어야 할 사랑

조용히 눈 감으면
떠오르는 얼굴 있어요

어둡고 쓸쓸할 때
포근히 안겨 잠들고 싶은
넓은 가슴 생각나요

큰 사랑 거두어줄 만남으로
그 따뜻한 이름 담아둘
아늑한 그릇이 필요해요

답답한 속울음
토해낼 수만 있다면
부드러운 그 손길
마다하겠는지요

뭐라 할 말이 없음은
내 가슴속 깊이
묻어두어야 할
사랑 때문이어요

오랜 연인

마주 보고 앉아
차를 마셔도
아무 할 말이 없네요

시선은 창밖을 향하고
초점 없는 동공만
흐르는 냇물에 얹혀 있지요

서로 마주 앉아 있어도
딱히 할 말이 없는
우리는 오랜 연인

찻잔에 맺힌 이슬이
긴 침묵 적실 양이면
은근슬쩍 바라보게 되는 얼굴

로즈마리는 은은해서 좋고
라벤다는 진한 쑥 향이 난다며
쓸쓸한 미소로 말을 건네네요

그대 내 안에 있고
나 그대 안에 있지만
지금은 그림자조차 어색하네요

이별

일부러 그런 것도 아니고
싫어서 그런 것도 아닌데

더 이상의 변명과 오해
얼룩진 상처를 달래기에는
너무 늦어버린 시간

일부러 그런 것도 아니고
싫어서 그런 것도 아닌데

서로 마주 보지 못하고
손 내밀지 못하고
그냥 흘러만 가네요, 그냥

3부 나답게 배우는 시詩

섬

거기 있었네 한 사람

거기 서 있던 사람

나를 보고 웃었네 아무 이유 없이

그냥 나도 웃어주었네 속 빈 사람처럼

정말 어색하지 않은 편안함을 주었네

그는 낯선 사람들의 섬

그 섬에서 하루만 지내봤으면

그 섬에서 새 옷처럼 구겨져

영원히 잠들었으면

임 오신 흔적

솔숲 빽빽한 그 어디에도 가지런한 임은 없다

뱃길 드러난 백사장에 임의 발자국 없다

혼자 남아있는 쓸쓸함만 더해 갈 뿐

아무리 둘러봐도 임 오신 흔적 없다

낯선 사람들의 돌아가는 발자국

내 곁엔 외로운 등대와 걸터앉은 노을

갈매기와 파도만 있다

구름에 가린 이월 열나흘 둥근달

환한 어둠 안고 따라 임도 간다

어둠 속

깊고 푸른 세상을 만나고 싶어
문득 너와 함께 있고 싶어

마애삼존불 지나 용현계곡
솔숲 검푸른 정상에 올랐다

초승달마저 잠든 밤
시간도 멈추었으리
어둠이 전부인 줄 알았네

우우 우우
어둠 밝히는 불빛
파도 타듯 출렁이는 거 보이니

지금은 정지된 시간 앞
정지된 공간

바다에 핀 꽃

네 모가지를 보면
무슨 색깔의 꽃을 피울 건지
몸에 흐르는 피가 무슨 색인지 알 수 있다
네 시간처럼 빠르게

파도 닮은 봄 뒤흔들며
바다를 마신 후 토해내는 휘파람 소리

섬에서 핀 꽃이 먼바다로 기울고
바람으로 열린 바다의 목젖
혓바닥 길게 늘어트린 해가
바다를 조롱하듯 풍덩 빠진다

구불거리는 물결
반듯한 여러 갈래의 물길
물속에서 도둑맞은 내 가을은
새벽이 되어도 깨어나지 못하고 있다

저녁연기를 기다려도 보이지 않는 길
섬으로 번지는 해를 마시고 사는 사람들은
모두 조산하고 빨리 자라고
일찍 늙어간다, 내 가을처럼

모항 포구

말없이 출렁이는 파도
주인 없는 고깃배가
묶인 채로 신음한다

방파제에 부딪혀
멍들고 상처 입어도
탓하지 않는 고깃배

희미한 가로등
하나둘 색깔 조여
출렁이는 네온사인

쏟아질 듯 수많은 별 헤아릴 길 없어
달빛에 흔들리고 바람에 흔들리며
물기 젖은 생각으로 졸고 있다

백사장 해수욕장

어제 밤바다가 그러했고
오늘 새벽바람 맞으며
거닐었던 해변이 똑같다

그 밤바다는 까만 물색 가르며
하얀 거품 밀려오더니
금방 사라질 것을 염려하였다

오늘 아침 바다는
짙푸른 파도 넘실거리며
똑같은 색깔의 버림으로 다가와
내 마음 내가 치고 있더라

바위틈에 걸터앉아 먼 하늘 바라본다
수평선 넘어 기웃거리는 물새 떼
보이는 건 뻥 뚫린 내 가슴

백사장 끝 발자국 남기며
마음 닿는 데까지 던져보지만
바람과 물과 모래뿐

바람에 마음 실어보니
물이 아우성치고

물소리 들으려 귀 기울이니
바람이 나를 탓 하더라

나는 모래가 되기로 하였다

허탕을 끓이다

지금은 배가 안 떠요
다음 배는요
몰라요 가 봐야 알아요
영목항 뱃머리의 메아리는 차가웠다

그곳은 섬이 아니라 썸이었다
기우처럼 어긋나는 길
배가 없으면 갈 수 없는 곳

비늘 없는 물고기가 바다를 뒤덮자
그물 사이로 허파 없는 바람이 끼어들기 시
작했다
승선표가 물 위에 달라붙어 떨어지지 않는다

모든 것이 약속인 줄 알았다
달려왔던 시간이 한순간 멈춰지다니
규칙처럼 줄 섰던 재회는 안녕이고

바다 위의 사선들만 출렁이고

나에게 이정표는 없다
무심코 들려오는 하모니카 소리
해조류의 허탕처럼 그윽해지는 찰라
미역 냄새가 확 풍기는

해본 적 있는가

별빛이 머리 위에서 꼼짝 못 하는 밤

저마다 손전등으로 불 밝히며 낙지 잡는다
고 했을 때

나는 「고흐의 별이 빛나는 밤」을 보냈다

밤의 숫자를 세며 누워있는 바위

어둠은 물그림자로 매달려 있고

하늘에 뿌리를 묻고 바닷속으로 뻗은 솔가지

면도칼로 잘린 귀처럼 버림받은 허공 닮았
다

손전등이 물속에 처박혀 거꾸로 눕는 동안
나는 낙지와 연애 한다

달라붙어 떨어지지 않는 너를 면도칼로 잘
라낸다면

발아래 있는 생식기가 꿈틀거릴 때

별빛과 달빛을 애도해본 적 있는가

바다 홀로

검은 몸부림과 아우성으로
밤새 할퀴어대는 바다
사리 때면 동네 아낙과 남정네들
손전등 허리에 차고
어둠 속 낙지와 소라 주우러 간다

뻗으면 닿을 듯 검은 등대
고개 젖히면 이마에 걸리는 북두칠성
머리 위로 은하수 날고
장화 높이보다 낮은 수심
해안선 따라 삐걱대는 바위 선

통에 가득 담긴 해산물
이고 지고 뭍으로 오는 사람들
무겁지 않은 듯 성큼성큼
시끌벅적 한바탕 잔치가 끝나면
모두 돌아가고 홀로 남는 바다

어둠은 바다와 하나가 된다
별과 솔바람이 뒤엉켜
밤새 잠들지 않는 바다
날 새도록 뒤척이다
햇덩이 토해내는 아침을 맞는다

겨울 바다

여름 바다보다
한적해서
즐겨 찾는 겨울 바다

오늘은 흐릿한
겨울비가
손끝에 닿을 듯

내 마음
꽁꽁 얼어붙은
달그림자

섬 속의 섬

나를 드리지요
파도와 갈매기가 친구예요
아무도 찾지 않아
많은 사람이 궁금해해요
사람들은 그곳에 들어와 살고 싶어하죠
그 속에서
시 쓰고 소설 쓰고
누구나 갖고 싶어하는 섬 속
한 열흘쯤 파고들어 가요
눈이 오거나 비가와도
겨울새 날갯짓 멈추지 않는 곳
저 섬 통째로 드릴 테니
언제든 찾아오셔요
저 섬을 아주 드리지요
저 섬 아주 가져요

4부 나답게 누리는 시詩

그녀의 바람 소리

　비가 유리창에 닿으면 그녀는 버릇처럼 손톱을 깨문다

　젖은 머리칼에서 바람의 냄새가 났다

　윤기 없는 머리칼을 쥐어뜯으며 팬티 속에 손을 집어넣었다

　올 가닥 셀 수 있을 만큼 숱이 적어지기 시작한 순간

　통증으로 이어지는 젖은 바람

　머리 밑이 겨울 수초처럼 허옇다

　샴푸의 거품은 누룩의 곰팡이처럼 하얗게 흘러내렸다

사람 죽어가는 냄새

민머리에 가발을 써야겠다고 생각했다

머리맡에 알알이 박힌 꽃잎이 꼼짝 못 하고
누워있다

창틀에 젖어 드는 얼룩은 쉬지 않고 번졌다

물기를 걷어내지 않는 이유,

젖은 머리카락에서 들리는 바스락 냄새와
또 바스락 소리

이슬꽃

그끄제 트랙터가 논바닥을 훑고 지나가고
가녀린 푸름의 모 낱낱들이
진흙 속에 포기로 꽂혀 있는 것 보았다
바람 불고 비 오면
힘없이 쓰러질 것 같은데
햇살 어우르며 잘 견뎌내고 있었다
날마다 노심초사 초조해하는 농부가
새벽녘에 삽 한 자루 뒷짐에 쥐고
말없이 가르마 같은 논둑길 서성인다
휑하게 비어 있는 자리를 찾아
여분의 뜬 모 서너 개 모아 쥐고
정성껏 진흙 속에 꽂는다
태어난 아기가 쑥쑥 자라듯
아침 이슬 영롱한 희망 노래하며
떠오른 태양을 연주 삼아
새벽 공기 먹고 줄지어 피어난 이슬 꽃
새벽이슬은 우리에게 기쁨을 주고
꿈과 사랑을 영글게 한다

나목

옷을 벗긴다
마지막 수줍음까지 벗겨내고
미끄러져 내리는 마지막 끈

이리저리 나부낀 세월
임자 없이 내동댕이쳐진 자리

그곳에 서 있었다
부끄러움도 잊은 채
못생긴 알몸 드러내고 말았다
한 줌 묻어두었던 흙도 어디론가 사라졌다

나도 옷을 벗는다
내 몸 전체를 휘감는 실핏줄
얽히고 뒤틀려 몸살 앓고 있다
너에게만은 나를 보여주고 싶다

해와 달

나 혼자만의 하루
싸리비 닮은 소슬바람
휘청거리며 꺾어질 듯 음산하고
청잣빛 세상으로 하늘은 열렸는데
정작 내 곁 머물러야 할 당신은 없습니다

둘이라는 것이 익숙해지기도 전에
처음 만났던 그 모습
어색하기만 한 기다림
나 홀로 방황의 숲 껴안아야 했습니다

언제나 함께하리란 믿음과
마음 깊은 곳 존재의 이유 찾고
맨날 매일 당신의 그림자 밟으려
스산한 계절 등에 업었습니다

만질 수 없고
볼 수도 없는 환상
떠남과 이별이 무슨 소용 있나요
이미 당신 안에 갇혀있는걸요

내가 당신을 혼자서 가질 수 없는 것처럼
별이 총총한 밤에 당신은 해님으로
뜨거운 태양이 빛나는 낮에 나는 달님으로
보이지 않고 닿지 않는 우주 속 먼 이야기

안개비

안개비 내리는 밤

그대 등지고 왔네

서해대교 가로등이

온몸을 적시며 우네

내 마음

먹구름 속 보름달은
내 마음이고요
찬란한 불빛 네온은
당신 사랑이고요

바다 한가운데
위태로운 조각배가 나라면
잔잔한 호수에 반짝이는
달빛은 당신입니다

달빛 시를 쓰고
달빛 이불을 덮고
당신 팔베개에 얼굴을 묻으면
밤이 새도록
꽃처럼 피어날 이야기꽃

나의 하루

그 눈빛 그리움
찰나에도 아쉬운
가슴속으로만
담을 수 있는 당신
원하는 만큼 깊어지는 상처
먹빛 뭉클함은
하루에도 몇 번씩 달아난다
참았다가 이내 허물어지니
갈바람이 그리도 모질었던가
곁에 있으면 못내 좋은 사람
곁에 두지 못하여
순간의 내 하루는 멍이 들고
잠시 머물다가
제자리로 돌아가는 바람
애간장에 기울어가는 하현달
바라만 보아도 속이 벅찬데
돌아가야 하는

사슴 닮은 눈빛
또다시 오늘은 가고
깊고 푸른 바다를 항해하기 위한
나의 하루는 적요롭고 쓸쓸하다

선운사 찻집

그대를 생각하면
눈물이 와락 쏟아져
그곳에 가고 싶어진다

새빨간 동백꽃이 울다 지쳐
붉게 물들어버린 노을과
차 향기 퍼져나는 그곳으로

가끔은 아주 가끔씩은
실바람에 흔들리는 풍경소리와
검푸른 땅거미가 그리워

제각기 돌아가는 길
둥지를 찾아
서둘러 떠나는 이정표 같은 선

텅 비어 있는 절간엔
인적 없는 정적이 맴돌고
하루를 기다렸던 사람들의 깊고 푸른

일상의 짐 벗어놓고
공허한 오후가 되면
그대 만나러 가고 싶은 곳

그대를 생각하는 오늘
와락 눈물이 쏟아져
한달음에 닿을 것만 같은 그곳

목련에 대한 봄의 비창

1.
　　목련 나무에
　　하얀 솜사탕 여럿 매달려
　　활짝 웃는 모양
　　엊그제 같더니
　　갈색 치마를 두른 아낙의 주름
　　한숨 소리와 함께
　　뚝뚝 떨어지는 오늘
　　그 모습 차마 웃음 지며
　　바라볼 수 없어
　　눈시울만 뜨거워지네

2.
　　벗나무에
　　방금 터져 나온 튀밥이
　　닥지닥지
　　달라붙은 모습을
　　그제까지 보았건만

산들산들 훈풍에
가벼운 몸 뉘이며
훠이훠이 날아가는 꽃눈
아리땁던 목련꽃
바래져 가는 시름보다야
조용한 슬픔에 젖어
너를 보내리

3.
개나리 나무 울타리에
삐악거리는 노랑 병아리
앞다퉈 작은 날개로
기지개 켜는 모양 예쁜,
햇살 좋은 나른한 오후
초록 잎으로 밀어내고
못다 핀 꽃이 지다
인동의 세월 견뎌온 날들이
안개처럼 흩어져
뿌리 내리던 그 날
목련의 비애는
갈색 추억인 것을

4.

진달래 나무에
연분홍 새색시의 수줍은 미소가
화들짝 놀란 듯 사뿐사뿐
그 미소 봄바람에 업혀
심심산천 동네방네 앞마당에서
기쁜 소식 전해주려 기웃거리다가
하염없이 뚝뚝 떨어지는
목련꽃 보았네
이보소, 그리 일찍 지려거든
지난겨울쯤 피지 그랬소
그리 먼저 가시면
나는 어찌하라고

인생

인생은 속고 사는 거라지요

누군가 나에게 속이는 것을 탓하지 말자
내 삶이 화려하고 아름다우면 무엇하랴
너에게 속고 나에게 속고 모두에게 속는걸

내 삶이 당당하고 떳떳하다면
이웃의 속임에 서러워하지 말자
어차피 인생은 속임의 연속이며
그 속에서 삶이 영글어지는 것 아니던가

인생은 속고 또 속으며 사는 거라지요

나 이제야 알았네
삶이란 얼마나 척박하고 지루한 것인지를
그것들이 모두 옳은 것만은 아님을 수용하고

내가 가진 모든 것들이 단지 진실만이 아니
었음을

지천명을 넘기고 모두 알아 버렸네 깨달았
네
그 언젠가 당신이 나에게 말했었지요
앞으로도 누군가 나를 속이려 한다면
기꺼이 가슴 열어 모든 걸 눈 감아 주라고

돌아오는 길

잔잔한 햇살 머금은 오후
먹구름 몰려와
차창에 빗방울 뚝뚝

목련 꽃망울 피어난 고운 자태
찬바람 불어 시샘하니
꽃잎 떨구고 눈물 흘리네

철썩이는 파도 내 마음같이
풍랑 위의 조각배
이리저리 나부끼며 위태롭다

삼월의 일상 버리고 돌아오는 이 길
마냥 서럽기만 한 건
이리저리 나부낀 바람 때문

너 있는 그곳에서
영혼이라도 함께하며
천년만년 살고 지고파

시인의 밥

말로만 시인이지
내보일만한 게 없다
詩 쓴다고 소태를 씹고
시뻘건 눈알 굴리며
고민하지만
내세울 만한 집 하나 짓지 못했다
소박한 밥상과
평범한 옷차림
정갈함에 길들인
촌 여자가 짓는 밥
내 詩에도
별것 아닌 반찬 속에
빛나는 보석 하나 박고 싶다